PATOS A DOMICILIO

Ross Burach

LATA de SAL
Afortunada

Gracias por llamar a Patos a Domicilio...
¡Llegaremos enseguida!

¡¡NOOO!!
¡La dirección del cliente
no es comida!
¡¿Y ahora QUÉ?!

Bueno... Bueno...
No entremos en pánico.
Calma, equipo.
¡VAMOS A BUSCARLO!

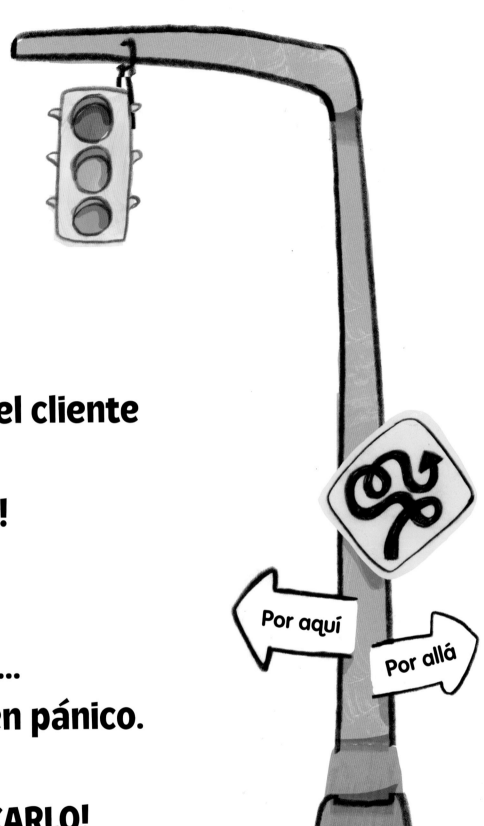

Señorita, ¿pidió usted un camión lleno de patos?

¿Pidieron ustedes un camión lleno de patos.

No, amigo, no.
¡Nosotros pedimos que viniera el camión
de los helados!

¿Quién pidió un camión lleno de patos?

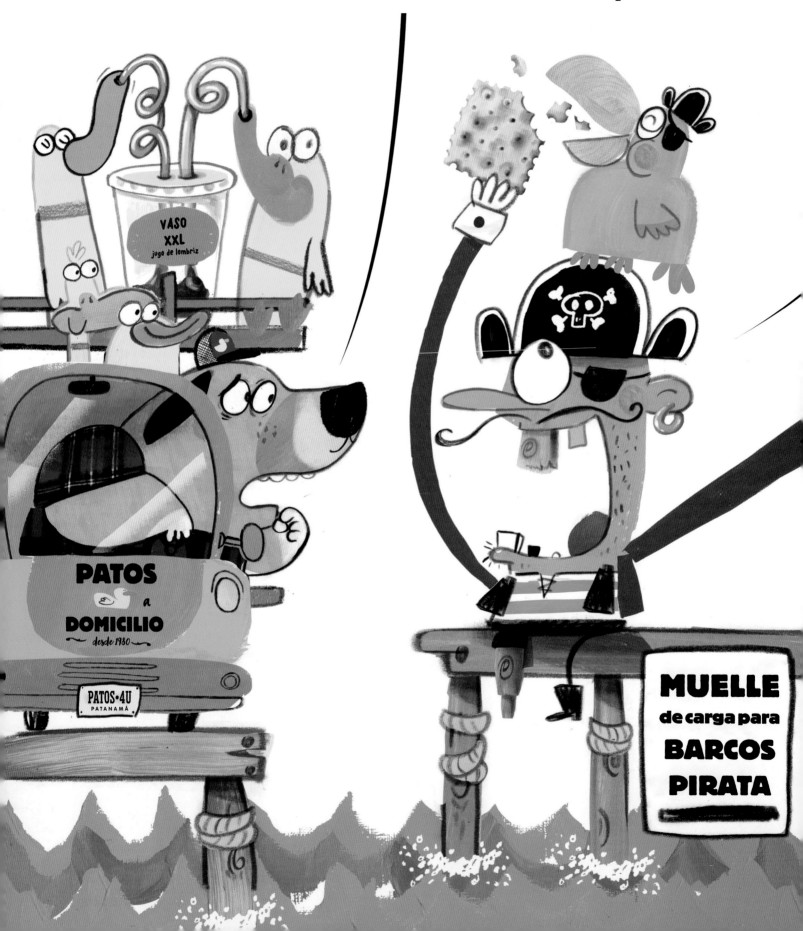

¡Grrrr! No fui yo, hijo. Yo pedí un camión lleno de galletas «**CRA**-ckers»... ino «**CUA-CUA**-ckers»!

Pero, ¿¿QUIÉN PIDIÓ UN CAMIÓN LLENO DE PATOS??

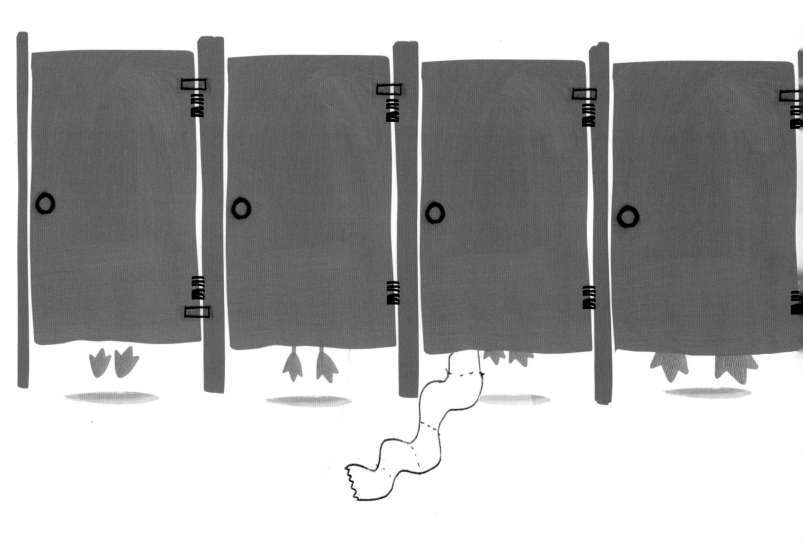

¡RÁPIDO, patos!

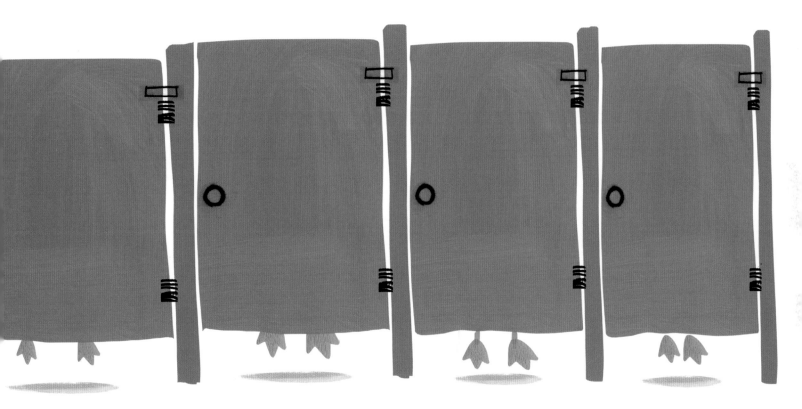

¡Vamos, vamos! ¡Todos de vuelta al camión!
¡No podemos ser impuntuales!

¿Pidió USTED un camión lleno de patos?

¡NOOO! ¡Más patos NO, por favor!
¡Lo que pedí es un CAMIÓN que se lleve a estos patos!

... terminó!
¡Por fin llegó la hora del baño!

Gracias por llamar a Patos a Domicilio...
¡Llegaremos enseguida!

Para Tracy, Marijka y Kait. ¡Qué eCUApazo! R. B.

Título original: **Truck full of ducks**· Publicado por acuerdo con Scholastic Press 2021
℗ del texto y las ilustraciones: Ross Burach 2018
℗ de esta edición: Lata de Sal, 2021

www.latadesal.com · info@latadesal.com

℗ del diseño del logo: Aresográfico
℗ de la traducción: Mariola Cortés-Cros
℗ de la edición y maquetación: Irene Álvarez
℗ del arte final: Sofía Cabrera
ISBN: 978-84-122450-8-0
Depósito legal: M-8528-2021